TEUS OLHOS SÃO VERDES COMO O MAR

Édison Roberto Lotério

Teus olhos são verdes como o mar

1ª Edição
POD

KBR
Greenville
2016

Coordenação editorial **Noga Sklar**
Editoração **KBR**
Capa **ADC (authordesign.co)**
Ilustração da capa **"Retrato de Ernst Ludwig Kirchner III", xilogravura de Alberto Müller, circa 1925**

ISBN: 978-1-944608-19-4

KBR Editora Digital Ltda.
www.kbrdigital.com.br
www.facebook.com/kbrdigital
atendimento@kbrdigital.com.br
55|21|3942.4440

FIC029000 - Contos e crônicas

Edison Roberto Lotério nasceu e vive em Rio Claro, interior de São Paulo. Além de *Teus olhos são verdes como o mar,* tem mais um livro publicado, *Uma gargalhada na noite.* Seu conto "Teus olhos são verdes como o mar" foi premiado na Off-Flip, em 2009, e "O latido dos cães" pela Secretaria de Cultura do Paraná.

E-mail: edisonloterio@yahoo.com.br

Sumário

Nas palmas de minhas mãos • 9

No crepúsculo • 11

O copo • 13

A trepada • 17

A flor do meu desejo • 23

Cotidiano • 27

O latido dos cães • 31

Teus olhos são verdes como o mar • 35

Risco de giz • 39

Dinheiro mole • 45

Aos trabalhadores da manhã • 47

Em tua dor • 49

Amar-te-ei por toda a eternidade, meu
   amor • 59

Aos meus olhos e aos teus • 61

Palavras de amor • 71

Noites brancas • 75

Os estalos do vento • 79
Butim • 83
Madrugada de desejos difusos • 87
Dia feliz • 91
Feliz Natal • 95

NAS PALMAS DE MINHAS MÃOS

Vejo-o mover-se na escuridão. Do meu canto o espreito. Seus movimentos reluzem na luminosidade opaca, são cuidadosos, calculados: ele sabe que corre perigo.

Espero. Tenho a paciência de um caçador. Controlo a respiração, sinto o sangue pulsando, meus olhos o vigiam.

Quando ele hesita, lanço-me contra ele. Sinto seu corpo contra meus dedos, aumento a pressão, ele se debate, desesperado.

Sabe que vai morrer.

Continuo apertando, apertando, sinto que suas entranhas começam a escorrer pelos vãos dos meus dedos, sinto o cheiro doce que sai do fundo do seu corpo, sinto seus últimos esgares, sinto a sua agonia, sinto e escuto o seu último suspiro e a vida que se esvai no líquido que escorre pelas minhas mãos.

Abro-as.

Naquela massa disforme espalhada nas minhas palmas, nada lembra o inseto que me importunava.

No crepúsculo

A enfermeira põe a seringa de volta na bandeja. Passa o algodão no seu braço, diz que agora é só esperar pelo médico e sai. A grande porta de madeira faz um barulho que lhe parece enorme, parece que ribomba pelos corredores, pátios, subterrâneos do hospital.

Ela se levanta, corpo opulento em fina camisola, chinelinhos bordados no pé esparramado. Vai até o banheiro e se olha no espelho. Sente-se debilitada, está um pouco abatida, lamenta as olheiras (a noite maldormida, impossível dormir bem em hospitais, o silêncio parecendo esconder uma desgraça). Pega a pequena bolsa em cima da cadeira, acha o pente e arruma as pontas revoltosas. Na boca, é claro, um vermelho de batom. Tira os óculos, mas logo os recoloca.

Em passos curtos, vai até a janela e se debruça. O sol morno da tarde que se vai parece-lhe melancólico. Olha para a rua, para as pessoas na calçada, olhos miúdos de míope, ariscos. Suspira. Ele ainda não veio. Mas virá. De repente, seu coração dá um salto ao pensar que ele pode não ter recebido o bilhete, escrito em letra pequena, mas legível "amanhã, às 6 horas da tarde, na calçada em frente do hospital. Operação dia seguinte. Talvez última vez que nos vemos". *Tranquilize-se, disseram que entregaram em mãos, longe da mulher. Ele virá.*

Volta a olhar a tarde, mais opaca. Tem que esperar o médico também, último exame antes da cirurgia, operação simples, sem problemas, ele disse, mas um aperto no coração lhe diz o contrário, uma angústia, um agouro. Talvez seja a última vez que o veja, os cabelos macios, a pele clara, o corpo já não tão jovem, mas rijo, os olhos negros, ali na calçada, no crepúsculo, por alguns minutos, talvez os últimos. Seus olhos se umedecem, ela tira os óculos e os enxuga na camisola.

Evita olhar para o relógio. A noite já desceu, as luzes dos postes se acendem, a calçada começa a ficar vazia, as luzes vermelhas das lanternas dos carros mancham o asfalto.

Ela espera.

Ele não virá.

O copo

Abro os olhos e vejo-me mergulhado na penumbra do quarto. A luz tenta entrar em réstias pelas frestas da veneziana. Dia de sol. Deito-me de costas e fico ouvindo os sons da rua. Tenho a cabeça pesada e o corpo dolorido. A garganta seca, a boca emplastada.

Da cozinha vem o barulho de louças batendo, da água escorrendo da torneira. A cada vez que as louças se chocam o som ecoa na minha cabeça. E eles ficam ali, se repetem, se repetem. Deitado, fico esperando a tortura passar. Mas ela continua mexendo nas panelas, a água continua escorrendo, ela não para.

Deve fazer de propósito, a filha da puta.

Penso em me levantar, mas o desânimo amolece meu corpo, um gosto amargo na boca.

Na rua os sons dos carros, de pessoas, um rádio ligado longe.

Sento-me na cama. A cabeça gira, mas logo para. Enfio os cotovelos nos joelhos, apoio o rosto nas mãos e fico ali, parado, não quero fazer nada.

O barulho na cozinha parou. Um silêncio leve passeia pela casa. A boca pede água. Visto-me, atravesso a sala, entro na cozinha. Ela está lá, sentada à mesa, escolhendo feijão.

A água escorre pelo vidro e vai enchendo o copo. O líquido umedece meus lábios. Olho pelo pequeno vitral o movimento da rua. Um vento, misto de calor e frio, bafeja meu rosto.

Ela vai até a pia e começa novamente a bater as panelas. Penso em pedir-lhe para parar, mas o desânimo não deixa. Fico encostado na parede com aquele som me enervando. Penso em sair, mas não quero. Quero apenas que aquela vaca pare com o barulho.

Olho para ela. Devo estar com os olhos apertados, a testa franzida, uma dura expressão no olhar. Meus maxilares, apertados, devem fazer-se notar através da pele seca do meu rosto. As narinas devem estar dilatadas e o ar zune quando passa por elas.

Fico ali, ela lavando a louça, fazendo uma algazarra com os copos e facas, colheres e garfos, pratos e tigelas, de costas para mim. Ela sabe que estou olhando, sabe a expressão do meu rosto, sabe que o barulho me enraivece e fica de costas, fingindo não saber. É uma cadela.

Jogo o copo na pia. Tinindo, ele repica sobre a superfície molhada, bate na parede e cai na cuba, quebrando-se.

Aí ela me olha. Os olhos arregalados, os dentes pequenos, apertados, à mostra. As mãos crispadas na esponja, a espuma do detergente escorrendo pelos vãos dos dedos. Ofegante, tremendo de raiva e ódio.

— Que foi?

A voz sai se enroscando em meus dentes, passa pelos poucos metros que nos separam, invade a carne branca e mole de suas orelhas, passa pelos tímpanos, aciona seus neurônios, chega ao cérebro e, num átimo, ela pega o copo quebrado e o joga contra mim, ele se despedaça na parede, polvilhando meus cabelos de cacos de vidro.

Minha reação é acionar os músculos de meus braços, que se levantam enquanto meus dedos se fecham e acerto-lhe um soco entre os dentes alvos e as narinas dilatadas. Chego a sentir a pressão de seus dentes na minha mão.

Ela dá um passo para trás e se apoia na pia. O sangue mancha seus lábios. Avanço e acerto-lhe outro soco no estomago. Ela se dobra, as mãos apertando o local da pancada, a respiração ofegante, sem conseguir dizer palavra. Aproveito a posição e dou-lhe um pontapé no rosto, atingindo o olho. Ela cai de costas. Dou-lhe outro pontapé, agora na boca. O sangue espirra. Respiro fundo, procurando não ofegar. Limpo o suor que me escorre da testa. Ela continua caída, o rosto encostado no chão, olho e lábios inchados. Ela respira rápido e forte, e quando expira, espirram gotas de sangue, junto com a saliva grossa que pende da boca machucada, manchando o piso de pintinhas vermelhas. Às vezes solta um gemido fraco, quase não se escuta. Tenta se mexer, chuto novamente seu rosto, o sangue saí pelo nariz. Agora não se mexe mais, só o peito no sobe e desce da respiração.

Fico olhando por algum tempo. Vaca filha da puta. Fecho a torneira que havia ficado aberta.

Saio para a rua. Um sol brilhante me ofusca. Um ônibus passa lotado. Um carro buzina para o sujeito que atravessa a rua correndo. No rádio um locutor grita as horas e anuncia um remédio para prisão de ventre.

cortaqui

A TREPADA

Quando chegamos já passava da meia-noite. Ele entrou cumprimentando todo mundo, o porteiro, os seguranças. Passamos por um corredor estreito, escuro, até chegarmos ao salão. Lá, difusas em meio à iluminação fraca, havia apenas algumas pessoas sentadas. Todas olhavam o show de uma das garotas. Ele olhou para mim e sorriu, bateu a mão em meu peito e indicou uma mesa perto do tablado, que avançava do palco até o meio do salão. Sentamos e uma das garotas, seminua, os seios brilhantes, perguntou o que íamos beber. Foi ele que pediu, passando primeiro as mãos nas nádegas dela e soltando uma gargalhada.

No palco a outra garota se desfez da calcinha, e em gestos nos quais se pretendia provocante e sensual, arrastou-se ao longo do tablado; quando passava os assistentes se aproximavam e tocavam seu corpo. Quando chegou à nossa mesa ele se levantou e foi dar-lhe um beijo na boca, enquanto suas mãos a alisavam. Olhou para mim e fez um sinal para que me aproximasse. Estendi a mão para aquele corpo estirado nas tábuas de compensado empoeirado e senti o contato úmido da pele, molhada de suor. Ela continuava a se movimentar no chão, ao som da música, sua boca tentando acompanhar a letra.

A música acabou, as luzes se apagaram, ela se levantou, recolhendo as roupas que deixara pelo caminho. Vi apenas seu vulto escorregando na escuridão, até sumir atrás do palco.

Novamente na mesa, começamos a beber. Ele sempre sorrindo, mexendo com as mulheres, se divertia com isso. Eu queria apenas dar uma trepada, uma simples trepada. Queria chegar, pegar a primeira e pronto. Mas ele queria se divertir.

Uma delas sentou-se à mesa, pediu uma bebida. Estendi meu copo, ela o levou ao rosto e o líquido escorreu pelo vidro até inundar sua boca, inundar seu sangue, seu coração, seu cérebro e aí ela escancarou a boca num sorriso falso, enquanto mostrava os seios para ele.

Já me sentia embriagado. Ela estava sentada em seu colo, beijando-o na boca, o salão quase vazio. Os últimos clientes saíam. Olhei em volta, tinha me dado mal. As mulheres que restavam estavam acompanhadas. Minha trepada havia furado.

Disse isso a ele e fiz menção de ir embora. Ele me segurou, me pediu para esperar. Cochichou alguma coisa para ela, que parecia em dúvida, fazia trejeitos que deveriam ser faceiros, mas ele insistia. Por fim, sorriu e a ouvi dizer, "mas cobro o dobro".

Levantaram-se e eu os acompanhei. Ele se aproximou, disse que ela treparia com os dois e piscou sorrindo; olhei para ela, que me disse "tudo bem". Saímos, entramos no carro, liguei, engatei a marcha, acelerei e arranquei, dirigindo nossos corpos, meu desejo pela noite adentro.

Sua casa era um quarto e sala num prédio sem elevador. Entramos, fui à pia da cozinha e em grandes goles tomei água da torneira mesmo.

Ela já estava despida, sua nudez absorvida pela obscuridade da sala, diluída em seu cheiro que me invadiu as narinas, me enrijecendo. Minhas mãos passaram por seu seio, sentiram a pele arrepiada, beijei-a na boca, minha língua tateando seus contornos, o gosto de bebida e cigarro e perfume, suas nádegas em minhas mãos, o desejo que faz o coração tremer.

Ela se afastou, "calma, meu bem" e foi até ele. Sentado em uma cadeira, o braço estendido sobre a mesa, ele tentava enfiar a agulha na veia. Depois de algumas tentativas, injetou parte do conteúdo da seringa. Sorriu para mim e a estendeu. Balancei a cabeça negativamente. Queria só apenas uma trepada.

Com minha recusa ela estendeu afoitamente a mão, e sem hesitação injetou em si o líquido restante. Fechou os olhos e respirou profundamente. Ele continuava sentado, sorrindo bestamente.

Aí tudo aconteceu de repente, sem aviso. Apenas ouvi seu corpo se enrijecer numa contração súbita e depois vi seios, nádegas, braços, abdômen, olhos, boca rolarem para o chão. De repente o silêncio se foi, e havia apenas sua respiração ofegante, seus esgares.

Fiquei paralisado. Olhei para ele. Sentado, sorrindo bestamente, não tinha percebido nada. Andei de um lado para outro, acendi a luz. Ela estava lá, imóvel, o corpo no chão. Eu não sabia o que fazer. Continuei andando de um lado para outro, tinha que fazer alguma coisa, tinha, mas não sabia o quê. Corri a vesti-la, procurei suas roupas, tentei colocar a calcinha, mas ela se enrolou em suas pernas. Passei a mão pelo rosto, tentei sentir sua pulsação, mas estava tão agitado que não percebia nada, tentei sentir o coração, mas o meu estava tão disparado, minha respiração tão ofegante que não sentia nada. Suspendi a respiração, tentando ouvir a dela. Levantei-me, caminhei pela sala, olhando e pedindo para aquela vaca se mexer. Olhei para ele, sentado, sorrindo. Fui à cozinha, molhei o rosto. Tinha que sair dali, sim, era o que tinha que fazer. Pouco importava que ela estivesse viva ou morta, eu tinha que sair dali. Voltei e terminei de colocar sua calcinha, vesti-lhe a saia, ia colocar a blusa, mas um pânico me invadiu, comecei a tremer, tremia tanto que não conseguia fazer nada. Ajoelhei e esperei. Tinha que sair dali. Que se danasse. Tinha que sair. Ela que fosse para o diabo.

Arrastei-o pelos braços e saímos o mais rápido que pudemos.

Engatei a marcha, acelerei, o carro andou. Ele continuava quieto. Já em alta velocidade, consegui me acalmar, respirar e mandá-la para a puta que a pariu.

Minha trepada havia furado.

cortaqui

A FLOR DO MEU DESEJO

Sem camisa ele se aproxima da janela e sente o mormaço que sobe do asfalto. Enxuga o suor e senta-se na cama, cansado. Olha o quarto de hotel, sem banheiro. Fecha os olhos, cansado, imobilizado, se deita.

Após alguns minutos se levanta e abre a pasta de vendas, retira uma Bíblia de bolso, abro ao acaso, meus olhos apenas passeiam pelas páginas, estou dopado pelo calor e pelo barulho dos carros, pela luz de fim de tarde e pelo cheiro mortiço do quarto. Meus olhos se fecham, a dormência me imobiliza, estou sem forças, apenas o suor escorre pelo meu corpo.

Quando finalmente abro os olhos, a tarde se finda e a penumbra me enche, sinto a respiração pesada e os olhos arregalados procuram novamente a Bíblia, as palavras passeiam pela re-tina, sem sentido. Vou até a pia e me lavo, agora a escuridão é completa, o barulho dos carros e o calor continuam. Saio.

Ele a encontra no restaurante, sua figura nervosa espremida num vestido curto. Ela per-cebe seu olhar, se aproxima, sorrindo. Sentada à mesa ela se desfaz em charme e coqueteria, acaricio suas coxas. Um frio sobe-lhe pelo cor-po, naqueles olhos angustiados ele percebe a tentação que o espreita, percebe a provação para seu corpo em abstinência, a provação esperada, o desafio para sua fé, o coração bate rápido, res-pira fundo, mas sente-se forte "que vos não dei-xará tentar acima do que podeis, antes a tenta-ção dará também o escape", sorri e enfrenta seus olhos úmidos.

Os dois saem, a noite está estrelada, mas escura, quente. Ela o abraça, ele sente o seu calor, o corpo molhado, continua com o frio no estô-mago, o coração agitado. Entram no carro, no seu sorriso continuo a ver o mal que a espreita.

Ela me pediu para parar numa rua deserta. Olho seus lábios, o corpo espremido no vestido, seus olhos cintilando de malícia, percebo que é a provação esperada, desejada "sujeita-vos, pois, a Deus, resisti ao Diabo, e ele fugirá de vós".

— Pessoas como você não existem — ela passa a mão pelos meus cabelos — coração bom, um doce com as pessoas — sua boca se gruda na minha, sinto sua língua, seus lábios, seus dentes, ela desliza por mim e me suga, quero dizer que não, mas no deserto da noite somos só eu e ela entre minhas pernas, "assim, sabe o Senhor reservar os injustos para o dia do Juízo, para serem castigados".

"Oh! Chega de beber-me, chega de matar--me, chega de viver-me".

Quando volta ao quarto, começa a chorar. Na noite quieta é um choro grosso, profundo. Prostra-se no chão, os soluços doem no peito "sonda-me, ó Deus, e conhece meu coração; e vê se há em mim algum caminho mau", e as lágrimas escorrem.[1]

1 N.A.: As citações entre aspas foram retiradas da Bíblia e do poema "Mimosa boca errante", de Carlos Drummond de Andrade.

COTIDIANO

Atravesso a rua correndo, entre os carros. Na calçada me encosto num poste enquanto uma crise de espirros me sacode; passo a mão pelo nariz, tento respirar profundamente, mas o corpo dói, sinto cansaço e um calor que seca a garganta, por onde a saliva passa raspando.

Entro num bar e procuro o banheiro. A porta está fechada, peço a chave no balcão e o empregado a joga olhando-me de soslaio; o barulho da urina na água, o vazio, o semissilêncio dão-me uma sensação de alívio e sossego. Inundo meu rosto com a água fria, sorvo goles dela, a garganta em fogo. Enxugo as mãos na calça e na saída entrego a chave, sentindo o contato fresco do vento em meu rosto molhado.

Sento-me num banco, me sinto mal, o corpo

dolorido de tanto andar, a cabeça pesada dificultando o pensamento, olho para a praça e as pessoas passam, o nariz escorrendo me incomoda. Tenho que pôr as ideias em ordem, preciso pensar no que aconteceu e no que é apenas medo, susto e agonia. Fecho os olhos. As buzinas chegam amortecidas pela zonzeira que me atordoa e preciso pensar no passado, recente, mas passado, consumado. Sei que ele está morto e essa ideia me faz de repente abrir os olhos e observar assustado minhas mãos, minhas roupas. Estão limpas, mas onde está o sangue, o vi jorrando de sua garganta, daquele buraco esbranquiçado que se abria em sua pele, vi quando ele desabou em meio àquela poça.

Meu Deus, matei um homem. Isso me faz olhar ao redor, as pessoas que passam, os carros que buzinam, os camelôs atrás de suas bancas, os ônibus que passam lotados. Meu coração dispara pensando em quem irá surgir do meio delas para me prender, mas elas apenas passam enquanto recordo a faca entrando, não pensei que ia acertar, apesar de querer, mas fiz um corte profundo em sua garganta, o sangue, ele parado, olhando sem entender, o corpo caindo pesado, a poça de sangue, as pessoas gritando e ele ali, caído. Como é fácil matar alguém.

Preciso pensar. Olho para o relógio, mas não consigo identificar as horas. Passo as mãos pelo rosto e começo a andar, vejo-me refletido nas vitrines das lojas, os olhos injetados de sono, a noite sem dormir, andando, o nariz escorrendo, as roupas amarfanhadas. Um ônibus para, pessoas sobem e descem, o sinal fecha, carros param, pessoas atravessam a rua, o sol brilha, alguém grita.

Meu Deus, matei um homem, não posso esquecer isso. Recomeço a andar, esbarro numa moça que sai de uma estação do metrô, ela diz "'filho da puta" sem parar. Continuo andando na multidão, tentando não esquecer.

O LATIDO DOS CÃES

Entro no barraco de tijolos sem reboco. Ele está deitado no sofá, ouvindo música no rádio. Sento-me ao seu lado

E aí, cara.

Ele sorri, estende as mãos

Meu maninho, até que enfim você aparece. Por onde tem andado.

Trabalho.

Eu sei, braço direito, homem de confiança, grande mano.

Continuo olhando para ele deitado ali no sofá, sorriso na cara, sincero. Está mesmo feliz de me ver. Magro, cara de quem o pó está comendo por dentro. Levanta-se, passa as mãos pelo meu ombro e me arrasta com ele.

Vamos para a cozinha

Você não vai embora sem tomar uma comigo. Depois não sei mais quando você aparece. O cara é meu amigo de infância, somos ali, carne e unha, aí ele cresce e toma outros rumos, o amigo na maior saudade.

Sentamos à mesa, ele pega uma garrafa na geladeira, pela porta aberta entra o ar da noite, escutamos o murmúrio de crianças correndo, brincando na rua. Pela porta vemos os postes que se acendem.

Meu mano, que saudade quando éramos assim, parece conversa de velho mas é verdade. Você não sente essas saudades.

É, nos divertíamos muito, a gente até que era alegre, até feliz. Que nem letra de samba.

Minha mãe é que gostava de você, cara. Tinha orgulho de você. Se visse você agora ficaria feliz.

Eu não apareci no enterro, não podia.

Grande homem de negócios.

Escancara seus dentes num sorriso largo. Vejo ele ali, um pedaço da minha vida nos casos que ele relembra, grande memória dos tempos perdidos, coisas que já tinha esquecido, coisas que dão na gente uma moleza triste. As garrafas se amontoam na mesa, e ele lembra, lembra.

Abre uma gaveta e tira o pó. Abre o saquinho na mesa

Para o meu amigo do peito.

Não quero, cara, tenho um serviço mais tarde, preciso estar limpo.

Me coloca na jogada, estou enrolado com umas coisas, preciso entrar numa boa para livrar a cara, me põe nessa, cara.

É claro.

Olha pela porta aberta e a noite passa. Agora é o silêncio, a calma superficial. Ele está sentado na minha frente, cochilando, chapado. Abre os olhos e sorri ao ver que ainda estou ali

Grande amigo.

Saco a pistola e aponto para ele, que se endireita na cadeira, olhos esbugalhados

Brinca não, maninho. Não gosto disso.

Caralho, cara. Por que foi aprontar aquela merda?

Não, espera aí. Você não. Somos camaradas, eles mandaram você por isso. Somos irmãos, eles querem me assustar. Me ajuda, você pode, você me tira dessa, acerto com eles, fico barra limpa de novo, nunca mais vacilo.

Sorri.

Mandaram você para me assustar. Puxa, você é meu irmão, não faria isso com seu maninho de sangue, mandaram você porque sabem que você me tira dessa, irmão.

Cacete, até parece que você não sabe como as coisas funcionam.

Aperto o gatilho, ele cai de costas, derruba a cadeira. Vou até o corpo, queria dar um tiro só, para acabar de vez, mas ele está ali, estrebuchando. Atiro na cabeça, ele para. Não dá para ver se sorri, se está de olho aberto, a cara é uma posta de sangue.

Saio, logo vai amanhecer. Caminho pelas ruas desertas, escutando o silêncio nos latidos dos cães.

A vida é mesmo uma merda.

TEUS OLHOS SÃO VERDES COMO O MAR

Vou contar o que lembro: o carro desceu a ladeira aos solavancos, as rodas batendo nos buracos, espirrando a lama deixada pela chuva. O farol iluminava pouco e aquela descida parecia não ter mais fim. Estávamos em cinco. Todos quietos. Quando o carro balançava nos jogava uns contra os outros. O barulho das latas batendo enchia os espaços entre nós.

Por fim paramos em frente ao sobrado. Abandonado em meio à construção, a escuridão penetrava pelos buracos das portas e janelas. O carro foi desligado e sentimos o silêncio avançando. Não sei quanto tempo ficamos parados, ninguém se mexendo, ninguém dizendo nada. Todos esperando não se sabia o quê.

Eu não pensava em nada. Também esperava.

A porta do carro se abriu e começamos a sair. Paramos em frente à entrada do sobrado e ficamos ouvindo. Aos poucos os olhos se acostumaram à escuridão e já se podia distinguir os montes de entulho que enchiam a casa. Eles começaram a se esgueirar pelo corredor e eu fui atrás. Antes, empunhei o 38.

Atravessamos todo o terreno quando, num quarto nos fundos da casa, ouvimos conversas. Paramos. Encostei no muro e percebi que estava calmo. Olhei para eles. Todos estavam atentos à conversa.

Em silêncio cercamos o quarto. Através de um buraco na parede olhei para dentro, contei quatro. O saquinho de cola rodava entre eles. Haviam feito uma fogueira que iluminava fracamente, mas o suficiente para ver os vultos encostados na parede. Empunhei o 38.

Aí eles entraram. Gritando. Atirando. Fiquei para trás e quando ia entrar vi que um deles pulava a janela e corria para o fundo do terreno. Corri atrás. Havia muito entulho, montes de entulho, tropecei, caí, me ralei, pensei que o tinha perdido quando o vi, seu vulto tentando pular o muro. Corri, alcancei-o antes que pulasse, agarrei-o pela camisa, puxei-o com violência, ele caiu de costas, gemendo.

Chutei-o várias vezes, principalmente no peito, no rim, no estômago, também na boca, na cabeça. Ele se encolhia, gemia. Eu chutava. Pisei-lhe na cara, o sangue escorreu do nariz. Cansei. Parei, ofegante, cansado mesmo. Ele ficou ali, gemendo. Abaixei e segurei seu rosto com uma das mãos. Ele olhou para mim, apavorado. Olhou para mim e mesmo no escuro vi os dois olhos verdes, brilhando de pavor. Olhos verdes. Olhos verdes num filho da puta daqueles. O sangue escorria baboso pelo nariz e pela boca. Ele queria falar, mas eu segurava seu queixo com firmeza. Empunhei o 38. Ele arregalou ainda mais aqueles olhos verdes para mim. Olhos verdes, filho da puta.

— Escuta aqui — gritei —não quero saber de garanhão de olhos verdes por aqui.

Encostei o 38 num olho... e *puf*. A bala saiu pela parte de cima da cabeça, fez um buraco, arrancou cabelo e a massa de miolo mole saiu por ali. Encostei o 38 no outro olho... e *puf*. A bala agora saiu por trás da cabeça, uma poça de sangue surgiu, empapando o chão.

Levantei, os outros me esperavam. Saímos apressados, nem olhei o que eles tinham feito lá no quarto. Entramos no carro e começamos a subir a ladeira. Voltamos todos quietos. Novamente os buracos, a lama, as latas batendo. Eu, no canto, pensando que aquele filho da puta tinha olhos verdes.

Risco de giz

Entardece e uma cigarra canta. Ele se aproxima da porta e senta-se no beiral, sem camisa, suando, olha para o mato que se estende à sua frente, zunindo de insetos, as poças de água da chuva que caiu durante o dia. Estende os olhos e apura o ouvido: em meio ao céu vermelho o silêncio é mais melancólico.

Daqui a pouco começa o inferno dos pernilongos, tenho que entrar e fechar todas as portas e janelas, deitar e me cobrir, pois eles entram pelos buracos no telhado, fico cozinhando aqui dentro, suando e ainda assim estou marcado de picadas. Esmago um contra minha perna, ele mancha minha mão de vermelho, pois estava gordo de sangue, sangue de quem fico pensando, nesta solidão sem gente. Coloco jornal nas frestas e procuro um lugar seco para colocar o colchão, a chuva deixou tudo molhado, entra pelos buracos nas telhas e escorre pelas paredes. Acendo o lampião e sento, estou sem sono, ainda mais desperto pela tosse que ecoa pela casa.

Tosse desgraçada, levanto e remexo as garrafas de água, nenhuma cheia, faz mais de uma semana que não aparece ninguém e começo a achar que tem alguma coisa errada. Do balde com água da chuva encho um copo, abro o cadeado da porta e ele está deitado no colchão molhado, anda chovendo demais e o telhado quase cai.

Ele levanta e pega o copo. Tem os olhos brilhantes, o rosto afogueado, deve estar com febre. Não consegue beber, a tosse o engasga. Está molhado, ou de suor ou da chuva, e respira com dificuldade. Fica arqueado, desnorteado, uma baba grossa escorre da boca. A tosse recomeça e a porta se fecha.

Sento-me no colchão e fico pensando. Tem alguma coisa errada, faz tempo que ninguém aparece, acabou a água e a comida, todos sumiram. Fiquei só eu aqui, no fim do mundo, sem contato com ninguém, sem dinheiro, sem telefone. Era para ser tudo rápido, mas nem sei mais quanto tempo passou. E as ordens foram claras: ser discreto, vigiá-lo e esperar. Se pelo menos ele parasse de tossir. Mas agora é esse calor, essa tosse, os pernilongos, o sumiço do pessoal e essa tosse. Deito, os olhos fechados, suando.

Nas telhas, a umidade e o bolor. Nas paredes, o rastro sujo da água que escorreu do telhado. Algumas mariposas giram em torno do lampião, lagartixas correm pelos caibros, pernilongos zunem. Os sons da noite entram abafados e a tosse enche os espaços.

Levanto e vou ver como ele está. Largado, respirando com dificuldade, suando e tossindo. Fico um tempo olhando para ele, tranco a porta e volto, preciso dormir, não posso fazer nada. Se for embora não duro uma semana. Pego um lençol e me cubro para me proteger das picadas.

Acordo num pulo, assustado. Apenas o silêncio. E foi ele que me acordou, não escuto mais a tosse, a noite calma, um silêncio repentino. Olho para a porta, fico sentado enrolado no lençol, não tenho coragem de ir lá, enfrentar aquele silêncio. Não sei que horas são, não sei onde estou.

Fico assim sentado, cochilando, até o dia clarear. Quando vou abrir o cadeado a tosse recomeça. Sinto um alívio. A tosse é mais fraca, mas tem um ritmo regular. Vou até a porta de entrada e abro. Quem sabe hoje aparece alguém.

Vai ser um dia quente, de sol. O matagal está quieto. Às vezes o piar de algum pássaro, mas é só. Várias árvores se espalham em meio ao mato que viceja com as chuvas, com o desleixo, formando uma barreira à frente da casa. O cheiro de terra úmida, o mormaço e o silêncio.

Passo a manhã procurando algumas frutas no pomar abandonado, as espalho no chão e como algumas, enquanto penso no que fazer com ele. A tosse continua, entrecortada pela respiração ofegante. Mas sempre chego à conclusão de que não posso fazer nada. Esperar. Mas espero já há tanto tempo, nenhum sinal, ninguém. Alguma coisa deu errado e sou o único que não sei. Mas por que se preocupariam comigo? Nem sei quem eles são.

Tenho que aguentar. Quando tudo acabar, volto para casa respeitado, com dinheiro no bolso, não terei mais que aguentar a família enchendo. Nem volto para casa, não dou satisfação para ninguém. Aguentar tanto tempo sozinho, no meio do nada, passar fome e sede, tem que ter moral.

Levo algumas frutas, mas ele não se mexe. Deitado. Com os olhos arregalados. Deixo as frutas e um copo com água. Tem que ser duro como eu, penso, enquanto passo o cadeado.

À noite, aproveito que não choveu, junto alguns gravetos e jornais e faço uma fogueira no meio da casa, para ver se o calor e a fumaça espantam os pernilongos, meu rosto cheio de picadas. Como algumas frutas que sobraram e fico sentado alimentando o fogo, escutando ele gemer através da porta fechada. Isso aqui vira uma estufa, estou molhado, mas os insetos dão uma folga.

Acordo com os respingos da água da chuva que voltou a cair. Troveja, relampeja. A fogueira apagou e tudo está escuro. Arrasto o colchão para um lugar mais seco, me enrolo no lençol e fico ouvindo o mundo desabar.

Quando amanhece a chuva continua. A água cai em cascatas pelo telhado e poças se formam pela casa toda e tudo está úmido. Saio pisando na lama e abro o cadeado. O colchão está no meio de uma poça e ele está molhado, os lábios ressecados, os olhos ardentes. Tenho a impressão de estar vendo um cadáver. Ele me olha assustado. Ergo-o, e ao pegar em seus braços sinto o calor da febre. Levo-o para o canto do cômodo. Senta-se no chão enquanto tento dar um jeito no colchão. Está molhado demais e o deixo encostado à parede, para escorrer a água. Ele volta a me olhar, angustiado. Saio e penso que não posso fazer nada.

Apesar da manhã, a casa continua na penumbra. Ao abrir a porta ele vê a torrente de água e à sua frente está tudo inundado, as árvores e o matagal boiando, envolvidos pela massa líquida que cai.

Passei o dia olhando a chuva, que só parou ao entardecer. Foi quando percebi que ele não tossia mais. Fui até a porta e fiquei escutando, mas não ouvi nada. Começou a escurecer, procurei o lampião e o encontrei encharcado numa poça.

Os pernilongos começam a zunir e me picar, fico com medo de fechar as janelas. Vou para perto da porta, ponho a chave no cadeado e não consigo destravá-lo, pois um pavor crescente me impede.

Sei que ele está morto. E não quero ver um cadáver. De manhã, naquele olhar angustiado, eu tinha sentido que já estava morto. E se ainda estiver com os olhos abertos, com o mesmo olhar?

Os pernilongos me picam e não consigo me mexer. Com algum custo, me afasto da porta. Pelo menos ele está preso.

Pelas portas e janelas abertas entra a noite, a brisa quente e úmida e o silêncio.

Outro medo começa a me afligir. O que será quando eles chegarem. Ele morreu enquanto estava comigo, e não vai adiantar dizer que tinham me abandonado. Eu estava aqui para tomar conta, vigiar e esperar.

Tremendo, vou até o colchão, sento e me enrolo no lençol e fico assim, cochilando, enquanto passa a noite, passa o dia, lentamente, enquanto eles não vêm.

DINHEIRO MOLE

O telefone tocou durante o banho de sol, era ela querendo me colocar em contato com uma pessoa para a encomenda de um trabalho, coisa certa, aqui dentro mesmo, ela já havia checado o cara, coisa limpa. Disse a ela para esperar mais uns dias, valorizar.

Uma semana depois, também durante o banho de sol, ele ligou. Queria eliminar um sujeito que estava entre nós, sabia até em que cela. Enrolei, valorizei, disse que ia me custar mais uns anos, coloquei o valor lá em cima. O cara queria mesmo acertar o sujeito, não regateou, concordou logo e já combinamos o serviço. Disse a ele que agiria assim que ela confirmasse o recebimento.

Não costumo me interessar pelos motivos

que levam as pessoas a me procurar. Tampouco dessa vez quis saber o motivo, mas o cara insistiu em me dizer como fazer o trabalho, como agir com a vítima. Queria crueldade. Não costumo dar atenção a esses pedidos, todo mundo quer crueldade, querem fazer alguém sofrer, vingança e tudo o mais. Faço meu trabalho limpo e sem falhas, mas ele dizia que estava pagando bem e queria assim. Concordei sem empolgação, afinal ele não saberia o que tinha se passado.

O rapaz era um viciado sem importância nenhuma, fazendo o serviço direito era bem provável que ninguém sentisse falta dele, nem os carcereiros. Aproximei-me, numa conversa mole para ver como eram seus hábitos. Os mais velhos perceberam e abriram caminho para eu poder fazer o trabalho tranquilo, no maior respeito, ninguém iria atrapalhar. Dinheiro mole. Foi só chamá-lo para dividir uma carreira no lugar certo, uma ala onde um fosso esquecido por alguém já tinha engolido várias encomendas e acertos da cadeia. Era viciado sem salvação, já meio morto. Deixei-o cheirar a carreira toda, aquela história de arrancar o cacete e as bolas e enfiar na sua boca e tudo o mais que o mandante havia pedido era besteira, deixei de lado. A faca entrou no lugar certo, e aqui contam experiência e habilidade, e o coração estrebuchou junto com ele. Serviço rápido, um pouco de sangue, que isso não tem jeito, e o som oco do corpo caindo no fosso.

Trabalho mole para quem entende do riscado.

Aos trabalhadores da manhã

A mulher sai esbaforida, mãos e roupas manchadas de sangue, e vai ordenando, "Leve-a, leve-a", e aponta o quarto.

Ela está deitada, branca, não parece nada bem. Apoia-se em mim e vamos saindo, a mulher repetindo, "saiam, saiam". A rua está escura e ela vai encostada a mim, caminhando com dificuldade. Deveria ter pedido um carro emprestado. Ela reclama de dor e segura o ventre, abafando os gemidos. Fico preocupado, temos que andar um bocado, como vamos chegar assim à casa dela? Acabo matando o desgraçado do padrasto, mas idiota eu também, fazer uma coisa dessas e achar que vou sair andando, passeando.

Resolvo ir por um atalho, escuro e cheio de mato, mas o corpo dela pesa cada vez mais, ela respira com dificuldade e os gemidos estão me deixando nervoso, me pede para parar um pouco e vejo o sangue que escorre pelas pernas. Por que vim? Deveria tê-la deixado resolver isso sozinha. Pendura-se em meu pescoço e vai escorregando até o chão de terra, desmaiada. Tento reanimá-la, mas ela está mais branca ainda e respira com estertores. Deixo-a ali, corro de volta para a casa da mulher, tudo escuro e trancado, bato, chamo, mas a casa parece vazia.

Volto, e na escuridão levo um tempo tentando achá-la. Está em meio a uma poça de sangue e não respira. Fico ali, parado, os pernilongos zunindo e me picando, pensando no que fazer com o corpo dela, pensando numa maneira de não estar ali, de nunca ter estado e no que ainda estava fazendo ali, parado.

Saio do mato, vou para casa e deixo o trabalho de encontrar o corpo aos primeiros trabalhadores da manhã.

Em tua dor

Quando amanheceu ele estava com os olhos abertos, observando a claridade entrar aos poucos pelo quarto; deitado, escutava a respiração compassada da mulher ao seu lado. Não tinha dormido, a dor latente tornando-o testemunha do passar do tempo.

Evitava se mexer, não pela dor, já estava acostumado à sua intensidade, parte integrante de suas sensações, qualquer mínima variação o tiraria daquele torpor. Sabia que já era para estar morto, mas a dedicação dela não deixava. Queria-o vivo, sim, queria-o vivo, para isso não tendo pudores de manejar sua carne já putrefata, suas excreções, seu cheiro fétido, tudo porque o queria vivo, por mais, muito mais tempo.

Ela caminha pelo quarto com passos medidos, de quem sabe o que tem que fazer, de mulher madura, carnes fortes envolvidas na camisola que cheira a sono, ainda quente da cama. Só quando os lençóis estão esticados ela abre a janela; o quarto, cama arrumada, a claridade da manhã, dão a sensação de ordem a seus olhos, então ela abre a porta e vai pelo corredor em penumbra até o banheiro. Sem se olhar no espelho, penteia os cabelos que começam a embranquecer e se lava. Coloca os óculos que traz no bolso, pega uma bandeja de metal e começa a separar, de dentro de uma gaveta, tesoura, gazes, vidros de remédios, álcool e uma luva. Ajeita os óculos e sai com a bandeja, com passos medidos de quem sabe o que tem que fazer.

A mão enrugada afasta o cobertor e o corpo magro e envelhecido sai da cama, evitando fazer barulho. Ele continua deitado, ela sabe que ele não dorme, mas caminha com cautela. Sai do quarto e no corredor em penumbra encontra a filha, que vem com a bandeja do curativo. Coloca a água para ferver e começa a preparar o café. Abre a porta da cozinha, olha para o quintal de terra, o sol, os canteiros de verduras, as rugas do rosto, das mãos, o corpo se arqueando mais.

Ela tira as cobertas de cima de seu corpo emagrecido enfiado em um pijama largo, não diz nada, apenas puxa a calça e começa a desfazer o enorme curativo que envolve seus genitais. Um emplastro de um vermelho escuro aparece, úmido de secreções, ela já com a luva manipula aquelas carnes que ameaçam se desfazer, com cuidado, limpando, secando, desinfetando, aplicando remédios, indiferente ao cheiro forte que enche o quarto, odores já familiares.

Ele continua imóvel olhando para o teto, a dor o entorpecendo. "Tudo bem, pai?", ela pergunta, ele balança a cabeça . Depois de colocar novamente a calça ela lhe aplica o soro, tentando várias vezes encontrar as veias finas.

Ela sente a respiração em volta de seus lábios, sente a mão apertando seu corpo, seus olhos se fecham, mas ela os abre, assustados, vendo o rosto congestionado grudado ao seu, os lábios murmurando coisas que ela não entende. Angustiada, sem saber por que, fecha os olhos novamente.

Aí ela o sente, sente quando ele se aproxima, sente quando puxa o rapaz que está a seu lado, jogando-o no chão, abre os olhos e o vê transtornado, o rosto duro, os olhos raivosos, a boca apertada, pega-a pelos cabelos e a arrasta pela rua, sem dizer palavra, na porta da casa a mãe com as mãos juntas, como súplica, mas também sem dizer nada, apenas vai atrás, as mãos juntas, até chegar ao quarto e ele a jogar na cama, a mãe tenta entrar mas ele a repele com um safanão, fecha a porta com estrondo e começa a tirar o cinto da calça, ela na cama já chorando, caída, ele a lhe bater com violência, ela sente as marcas sendo feitas em sua pele, ele gritando "não quero cadela em minha casa", "puta de esquina", "cadela sem vergonha", a mãe chorando e batendo na porta "deixa ela, deixa ela" ele grita "não quero vagabundo botando a mão nela", "não quero filho da puta nenhum em cima dela", até que se cansa, ela já nem chora mais, a dor é tanta, escuta ele saindo do quarto, "cala a boca senão te acerto também", a mãe quer entrar, ele não deixa, "vai cuidar da vida mulher", ela sente a carne arder, sem lágrimas, uma dor absurda no peito

A mulher caminha pelo quarto, a vassoura na mão, procurando não fazer barulho. Abre a janela. "Vou deixar aberta, você precisa tomar ar puro". Balanço a cabeça, vivenciando a dor.

"Sorte sua ter uma filha como ela. Eu já não aguento fazer nada, como ia cuidar de você? Enfermeira nenhuma cuidaria como ela", e continua a passar a vassoura pelo quarto, vagarosamente. "Você devia pedir perdão para ela".

Fecho os olhos. Pedir perdão. A vê, a filha, ali naquele desvelo.

"É uma filha de ouro. Sem ela o que seria de nós, o que seria de você, aí deitado?", ela continua a andar pelo quarto, o corpo emagrecido.

O que seria de mim? Estaria morto.

"Reze todos os dias por ela, meu velho, você está vivo graças a ela".

Sim, vivo.

Está encostada na pia, lavando a louça. Escuta alguém que tosse no corredor e sabe que ele está chegando. Olha pela janela, já está escuro, do fogão vem o cheiro de comida requentada, a tosse no corredor, a filha sentada à mesa, olha para ela enquanto ele entra pela porta da cozinha, atravessa sem dizer nada.

A filha a olha ansiosa, ela faz um sinal pedindo calma, coloca os pratos na mesa, a comida. Ele volta sem camisa, de chinelos, senta-se e começa a comer. As duas o acompanham, a filha ainda com o olhar ansioso, a mãe mexendo nos talheres, nervosa.

— Ele esteve aqui hoje — começa a mãe.
— Conversamos bastante. Um rapaz educado, parece ser muito bondoso, emprego bom, garantido.

Ele para de mastigar e fica esperando.

— Difícil rapazes como ele hoje em dia, muito educado, sempre senhora pra cá, senhora pra lá, um emprego onde ganha muito bem, difícil hoje em dia rapazes assim, tão novo e já ganhando bem.

Ele solta o garfo na mesa.

— Parece muito bem-intencionado, difícil rapazes bem-intencionados assim hoje em dia.

Ele olha para a filha, ela está com a cabeça baixa, sobre o prato.

— Diz que gosta muito dela, quer casar, tudo certinho, ela já está na idade" — ela para com o soco que ele dá sobre a mesa, fica paralisada, esperando, a filha também, os olhos ainda enfiados na comida do prato.

— Já disse que não quero aquele filho da

puta aqui — outro soco na mesa, os pratos balan-
çam — ele ou qualquer outro borra-botas. Esse
não passa de um pirralho metido a conquistador,
casar, casar o quê, sua idiota — olha a mulher
com fúria, ela com a cabeça baixa, como a filha
— eu sei o que aquele merdinha quer, só alguém
que não enxerga um palmo na frente do nariz
não sabe, sua besta, eu sei o que ele quer — olha
para filha, olha para o peito que arfa querendo
soltar um soluço, olha para as carnes brancas do
seio que aparecem pelo decote da blusa, as carnes espremidas na blusa justa — e esta cadelinha
ainda fica se exibindo, olha só essa blusa, onde
já se viu alguma mulher decente usar uma blusa
assim, por isso esses cachorros ficam rodeando o
portão, sentem o cheiro, sentem o cheiro de cadela no cio, mas aqui não — outro soco na mesa
e ele se levanta, a pega pelo braço obrigando-a
levantar-se. — Aqui não, comigo não — a arrasta pelo corredor, empurra-a para o quarto, tenta
rasgar a blusa com as mãos, ela apenas soluça,
aterrorizada, a mãe vem atrás. Deixa que ela tira,
deixa que ela tira, mas ele já está com a blusa ras-
gada na mão, a filha encolhe-se escondendo os
seios, nunca mais vai usar isso, nunca mais, cadelinha, grita desvairado, bate a porta, caminha
violentamente pelo corredor, ela tem que casar
um dia, diz a velha andando atrás dele, nunca,
nunca, eu sei o que esses filhos da puta querem,
eu sei, eu sei, eu sei.

Na quietude da noite seus olhos ardem. Tudo parece parado, calmo. Só a dor caminha pelo seu corpo, não deixa suas pálpebras se fecharem, não dá descanso. Olha para ela sentada na poltrona, cochilando. Vai ficar ali a noite toda, pronta para socorrê-lo, cuidando, vigiando, não perdendo os horários dos remédios, está ali, sua cabeça pende sobre o peito, mas ao menor movimento estará pronta, alerta, num zelo sem fim, 24 horas por dia, ligada a todas as reações do seu corpo.

Não se mexe, não quer acordá-la, deixa-a dormir, profundamente, assim quem sabe. Tenta sentir o corpo, mas sente apenas a dor. Ela se mexe, olha para o relógio de pulso, levanta-se. Caminha para o criado-mudo cheio de remédios, pega um e se debruça sobre ele, vê que está acordado e o faz tomar. No horário certo, sem precisar de despertador, nada.

Uma filha de ouro, sem dúvida alguma, uma filha de ouro. Como poucas.

Ela vai até o pedestal e olha para o soro, verifica se está tudo em ordem, debruça-se sobre ele novamente, o olha com cuidado, ajeita o travesseiro, as cobertas, uma filha de ouro, sem dúvida, senta-se novamente na poltrona esperando o próximo horário.

Ele a vê ali, sentada na penumbra. Observando-o.

A velha estende os braços magros para o alto, estendendo as roupas no varal. Todo o quintal está tomado pelas peças dependuradas, pesadas. Ela olha para aquele monte de pijamas, ela, a filha, não o deixa ficar com a roupa suja, troca várias vezes ao dia, o tanque sempre cheio, aquelas roupas com cheiro forte, de remédio, das secreções que vazam pelo curativo.

O que seria dela sem a filha, como cuidar dele sozinha, ela também já um trapo velho, cansada, arrastando os pés. E se ela tivesse casado, tido família, ido embora, como cuidar dele 24 horas por dia? *Deus escreve certo por linhas tortas*, pensa. Toda aquela implicância dele com os namorados dela tinha motivo, a gente não sabe o que o futuro reserva. Ela casada, com filhos, e eles sozinhos, ela sozinha cuidando de um homem que não conseguia mais levantar da cama. Pendura as roupas dela agora, muitas daquelas peças ainda eram do enxoval, guardado por anos, até que ela começou a usá-las, numa renúncia silenciosa.

O sol da tarde esquenta as roupas dependuradas, ela anda entre os canteiros, prendedores na mão. Seria bom ele pedir perdão para ela, não custava nada. A gente não sabe o dia de amanhã, ainda mais ele, ali. Ainda bem que podia contar com ela. O que uma velha sozinha poderia fazer numa emergência? Gritar, correr feito uma barata tonta. Uma filha de ouro, é o que ela era. Mas ele podia pedir perdão, apesar de ela achar que ela já o tinha perdoado, porque correndo assim com ele só não tendo rancor no coração. De ouro, sim, sem rancor no coração de ouro, ela caminha entre os canteiros, o sol da tarde secando as roupas.

Acordo num salto, meus olhos se estatelam na escuridão, sinto o coração disparado, um peso no peito me impede de respirar, meu corpo se enrijece e treme, uma bola no peito, na garganta, não respiro, vejo seu rosto que se debruça sobre mim, assustada, os olhos escancarados, mexe em mim, abre a camisa do pijama, não sinto nada, é como se meu corpo entrasse em curto-circuito, tudo parece rápido, o coração, o sangue se intumesce nas veias, não respiro, tudo tapado, o nariz, a boca, tudo tapado, ela mexe em mim, está desesperada, vejo seus olhos esbugalhados, a boca apertada, as mãos nervosas mexem nos remédios, uma bola na garganta, a voz não sai, ela segura a seringa, quero falar mas não consigo, o ar não entra, ela procura meus braços, procuro seus olhos, talvez ela entenda, mas ela não me olha, evita me olhar, não olha meus olhos, elas sabem o que pedem, mas não me olha, não escuto nada, apenas sinto o sangue batendo nas veias, rápido, rápido, ela ali, agora parada, olhando-me sem me ver, quero que olhe meus olhos, entenda, mas ela não vê, desesperada, não vê, escuto, não sinto um silvo que passa pela garganta, um silvo que deve ser agudo, aí sinto o ar nos pulmões, sinto o coração que se acalma, o sangue corre mais calmo, minha respiração é rápida e barulhenta, ela está ali, debruçada sobre mim, solta um suspiro aliviado.

Ainda vivo.

Amar-te-ei por toda a eternidade, meu amor

Recostei-me no canto do quarto enquanto médico e enfermeiros entravam e se debruçavam sobre a cama. Trocavam palavras apressadas e pude ver o rosto do doente, encovado e branco, no qual enfiavam um tubo pela boca. Até quando.

Sentia-me gelada e vazia, impotente e fraca, ouvindo os roncos que saiam do seu peito e a baba que escorria pelos cantos da boca, vendo-o esquálido esparramado na cama. Seria o fim, quantos anos, seria o fim do constante definhamento, do desmoronamento daquele que, há tantos anos, havia me provocado calafrios.

Fecho os olhos. O que havia provocado calafrios era um homem decidido, apaixonado por livros e filmes, um intelectual provocante de ideias ousadas, insinuante e charmoso, que havia me arrebatado em paixão; as viagens inesquecíveis, os sussurros de amor eterno, os corpos em fogo. Mas por quanto tempo o tive? Logo após o casamento os primeiros sinais da doença, o lento e mortal definhamento, a peregrinação por consultórios, as temporadas em hospitais, longas temporadas, ele perdendo o raciocínio básico, a comida na boca, os banhos, os remédios, o cheiro, as fraldas, a sensação de ter sido enganada sem poder acusar ninguém.

O barulho cessa, olho o médico sorridente. Ainda não, ainda não. Suspiro, e, assustada, não sei se é de alívio ou decepção.

AOS MEUS OLHOS E AOS TEUS

Encontrei-o num bar. Era noite, ventava, fazia frio, as ruas estavam desertas. Entrei ao acaso, um pouco para me esconder do frio, um pouco para tomar algo que me esquentasse e melhorar o mal-estar que me deixava com o corpo dolorido.

Jogava cartas em uma mesa tumultuada, todos os jogadores já bêbados. Eu o conhecia de vista e de fama; de vista, porque éramos vizinhos, de fama pela valentia e pelas surras em sua mulher e filhos. Via-se que estava agitado, xingava, ameaçava os outros jogadores. De repente se levantou, mesa e garrafas caindo, jogou as cartas e gritou que o estavam roubando. Seguiu-se uma confusão de bêbados falando ao mesmo tempo, empurrões, até que os ânimos se acalmaram e alguém disse que ele estava arranjando confusão para não pagar o que tinha perdido.

Ainda xingando, arrancou um bolo de notas do bolso e mostrou aos outros. Primeiro, pensei que não deveria ter feito isso, depois vi que realmente era muito dinheiro. Todos ficaram surpresos e ele continuou gritando, agitando todo aquele dinheiro na cara das pessoas, até que se acalmou e se sentaram novamente para o jogo.

Fiquei mais um tempo e saí. A noite estava realmente fria e fui para casa. Entrei, e através da janela fiquei observando sua casa, que é quase em frente à minha.

A casa estava às escuras. Caminhando na penumbra, com desenvoltura, estava uma mulher ainda jovem, vestindo apenas uma camisa; foi até o quarto onde dormiam duas crianças e fechou a porta, ainda no escuro foi até o outro quarto, deitou-se na cama, sentiu talvez um arrepio pelo corpo, o ar gelado, acomodou-se entre as cobertas e ficou imobilizada, em silêncio, escutando os sons da rua.

Teme escutá-lo, seus passos, os sons de sua entrada pela casa, teme sentir sua presença dentro da casa, do quarto. Pensa que tem que dormir antes de ele voltar, reza para que ele demore, encontre alguém, só chegue depois de ela ter adormecido.

Imóvel debaixo das cobertas, olhos fechados, tenta lembrar sua vida, sua vida sem ele, retornar ao tempo em que não temia passos na rua, vozes alteradas, tempo em que não sentia a carne machucada ao se deitar, mas esse tempo se apresenta tão longe, longe, quase impossível de se alcançar, de lembrar. No escuro, no ar gelado, tenta se lembrar, ou esquecer a angústia, lembrar dos tempos em que ainda tinha algum sossego, paz, talvez. Mas desaprendera, não conseguia lembrar. Escuta um barulho, instintivamente aperta os olhos, procura o sono, a angústia do sono que não vem. O som se perde pela noite, respira aliviada, uma noite calma, fria, silenciosa, tenta pensar em algo, nas crianças que já dormiam, o pensamento corre solto, sem encontrar nada a que se agarrar, corre e se perde no tempo, sem nenhum som, sem nenhum eco.

Fiquei na janela até ele chegar. Abriu o portão com dificuldade, entrou tropeçando. Já era tarde, a rua sem movimento, suspensa no ar gelado. Acompanhei seu andar pela casa através das luzes que se acendiam, até que a última, no quarto, se apagou. Fui até o quintal, vasculhei e saí com uma barra de ferro. Sem pensar, atravessei a rua e arrombei o portão, a porta, sem barulho, entrei na escuridão abafada da casa. Tive que parar um pouco para os olhos se acostumarem e poder caminhar sem dificuldade até o quarto. Parei na porta, sua respiração ofegante de bêbado, roupas espalhadas pelo chão; olhei com cuidado, ninguém se mexia, ele espalhado na cama e ela encolhida debaixo das cobertas.

Tudo calmo. Suas calças estavam jogadas ao lado da cama, peguei-as, e remexendo em seus bolsos encontrei o pacote de dinheiro. Muito dinheiro. Não consegui contar, mas as notas me encheram a mão. Comecei a colocá-las nos meus bolsos quando senti uma pressão na minha garganta. Atônito, sufocado, senti suas mãos em volta do meu pescoço, seu cheiro de bebida, sua respiração entrecortada e sua voz grunhindo, "mato você, filho da puta, mato você", gritos da mulher e o som dos ossos de minha garganta se quebrando.

Desesperado, procurei pelo chão a barra de ferro e quando estava quase desmaiando consegui acertar um golpe em sua cabeça. Atordoado, afrouxou as mãos e consegui me libertar. Acertei-lhe outra pancada, ouvi um som fofo de algo vazio se rachando e ele caiu.

Sua intenção era ir direto para casa, estava com aquele dinheiro no bolso, por isso passou direto pelos bares que costumava frequentar, porém, perto de sua casa encontrou aquele sujeito com quem tinha algumas pendências de jogo e ele o convidou para uma partida. Não gostava do sujeito, mas não podia recusar. Foram a um bar ali perto, um bar de que também não gostava, como não gostava do dono. Mas não pôde recusar.

Estava frio e havia pouca gente. Começaram a jogar cercado de curiosos, mas ele não se sentia bem. Aos poucos, mais gente veio participar do jogo, começou a beber, foi se envolvendo e esqueceu o mal-estar.

Estava perdendo, passou a mão pelo bolso para sentir o dinheiro. Tinha a impressão de que o enganavam. Todos os olhares, todos os trejeitos lhe pareciam suspeitos. E não acertava a mão, a cada jogada se complicava ainda mais. Já estava bêbado, tudo o irritava. Era certo que o enganavam. Explodiu em cólera, levantou-se derrubando tudo. Todos correram para segurá-lo, discutiu-se muito, empurrou-se muito, até que o acusaram de não poder pagar o que tinha perdido, estava arrumando confusão para ir embora. "Filhos da puta", gritou, "olhem aqui, filhos da puta", e sacudia o pacote de dinheiro, "calo a boca do primeiro que me chamar de ladrão, seus filhos da puta", a boca espumando, os olhos vidrados. Terminaram por se acalmar e continuar o jogo.

Já era tarde quando avisaram que o bar ia fechar. Ele tinha virado o jogo e ganhava alguma coisa. Ao sair, gritou "detesto esta espelunca" e foi embora, ouvindo os xingamentos dos empregados e do dono. Caminhava solitário, com as mãos nos bolsos, apalpando o dinheiro.

Encosto na parede, assustado, a garganta doendo, respirando com dificuldade, sentindo o ar gelado entrar nos pulmões. Fecho os olhos e sinto as pernas moles, os braços doendo, até a respiração voltar ao normal e conseguir me apoiar nas pernas, o corpo se restabelecendo. Somente quando abri os olhos a vi, encolhida a um canto, na penumbra, olhos arregalados, o corpo tremendo sob a camisa que vestia. Ficamos ali, nos olhando, eu surpreendido pelo silêncio que nos envolvia.

Foi tudo muito simples. Passando por cima do corpo caído, que gemia, fui até onde ela estava, agarrei-a e tentei beija-la, mas ela se encolheu, dobrando o corpo e fechando as pernas, a segurei pelos braços, sentindo sua pele por debaixo da camisa, apertei-a e tentava arrancar sua roupa, lembrei-me de que ela podia gritar e tampei sua boca com a minha, ela ofegava e senti seu hálito quente, seus lábios quentes, senti que ela mordia minha boca e senti o gosto de sangue, senti seus músculos retesados resistindo, nós dois lutando naquela penumbra gelada, senti sua boca se abrindo, sua respiração ofegante, senti seu corpo se afrouxando, senti seu coração disparado enquanto rasgava sua camisa, senti seu desejo quente e molhado.

Tinha acordado com os gritos. Assustada e confusa, envolta pela escuridão, não conseguia pensar. Lembrou-se de que tentava dormir, mas não de ter dormido. Levantou-se tropeçando e reconheceu a voz bêbada, gritando "filho da puta, filho da puta", pensou que a queria espancar, correu para um canto do quarto e se encolheu. Então percebeu que ele estava gritando com outra pessoa, que havia mais alguém ali e eles estavam lutando, ouviu as respirações, o barulho dos pés, começou a distinguir os vultos se mexendo, assustada, perdida, percebeu que de repente tudo cessou dando lugar a um silêncio absoluto.

Ficou ali, encolhida, tentando ver no escuro. Então percebeu aqueles olhos resplandecendo, fixos nela. Ela encolhida, presa, sob os olhos resplandecentes que não reconhecia. Percebeu um corpo caído, uma massa disforme, e soube que era seu marido. Quando aqueles olhos se aproximaram, tremeu.

Não saberia dizer o que aconteceu, tinha um homem desconhecido apertando-a contra a parede, querendo agarrá-la. Instintivamente se encolheu, fechou-se, resistindo às suas mãos, sentiu o peso do seu corpo, a boca se grudando na sua, ela mordeu, resistindo, mas aos poucos, não saberia dizer o que aconteceu, sentiu o corpo se aquecendo, uma languidez que afrouxava os músculos, amolecia o corpo, o coração se acelerando mais, a sensação de algo novo, desconhecido, naquela noite escura e gelada se abandonou, a língua desconhecida invadiu sua boca, as mãos apertou seu seio e ela se abandonou, assustada, o peito gemendo, aquecida naquela noite gelada.

Ficou ali, nua no chão, enquanto ele se vestia. Não se moveu, não pensou. Aos poucos foi distinguindo um gemido que percorria o quarto.

Era o corpo caído, ainda vivo. Ficou ali, ouvindo aquele gemido, enquanto o outro vasculhava o quarto procurando algo. Aquele sinal de vida a assustou e se surpreendeu odiando isso, odiando o sinal de vida que saía daquele corpo. Estava caído, uma massa amontoada no chão, sentiu-se frustrada e irritada com aquela demonstração de apego à vida, de resistência. Pareceu-lhe que iria enlouquecer com aquele gemido; quando olhou, o outro estava de pé, com uma barra de ferro na mão, fitando-a, os olhos reluzentes no escuro, encarando-a, olhando-a como jamais se sentira observada.

Ele caminhou para a porta, mas retrocedeu, com gestos rápidos desferiu dois golpes na cabeça do corpo caído e sem se voltar, sumiu.

Um grande silêncio. Ela vai até o corpo do marido e vê o crânio esfacelado, uma massa branca saindo dos ossos. Prostrada, pensa que tem que gritar, mas o silêncio é tão grande que não consegue vencê-lo. Pega as notas que haviam caído durante a luta, com ela ainda ali no chão. Sente que não precisa ter pressa, nem medo, mas mesmo assim recolhe as notas com rapidez. Ele continua caído, inerte, às vezes se ouve um gemido, nem bem um gemido, mas uma respiração estertorada, e não se mexe. Pego a barra de ferro e faço menção de sair, mas algo me impede. Olho novamente em volta e percebo ela ali, um vulto no escuro, e mesmo sem vê-la percebo seus pensamentos, súplicas, ou julgo perceber. Parado ali, não posso vê-la com nitidez, mas parece que posso sentir suas vibrações. Paro na porta do quarto, volto alguns passos e descarrego duas pancadas na cabeça do marido, com força. Antes de sair olho para o canto escuro onde ela deve estar, não a vejo, mas sinto que está serena.

Aqui fora, sem saber as horas, apalpo o dinheiro no bolso, respiro o ar gelado e caminho sem pressa, deixando-me dissolver na cidade sonolenta.

PALAVRAS DE AMOR

Quando abriu a porta já a encontrou. Vestia uma saia justa, sem a blusa, em frente ao ventilador.

— Vai ficar doente assim — se aproximou, abraçou-a pelas costas, sentiu o cheiro gostoso dos seus cabelos, a pele lisa úmida de suor.

— Parece um velho — virou-se, beijou-o na boca. — Chegou atrasado hoje. Mais um pouco e eu ia embora.

— Levei minha mulher à empresa — roçou-lhe o pescoço, soltou o sutiã. — Tenho obrigações de bom marido.

Ela se desvencilhou dele, tirou a saia e desfilou seminua pela sala, sabendo que o exasperava. Ele se aproximou, viu seus olhos brilhando, um sorriso de lábios molhados, conseguiu abraçá-la, beijar-lhe o colo, segurou-lhe a cabeça, beijou-a na boca.

— Atraso só admito de meu marido — disse entredentes, enquanto caminhavam entrançados para o quarto, caindo na cama.

Depois ele se sentou, suado, passou a mão pelas costas, nádegas, pernas dela, ainda deitada.

— Ele não merece tudo isso.

— Não diga isso — ela sorriu, gostando do elogio. — Ele é um homem como poucos, bonito, charmoso, agradável, culto. E muito amoroso.

— Quer me fazer ciúmes, hein?

— Não. Mas também não podemos negar a realidade. Ele é um homem apaixonante, adorável. Tem um charme especial, que deixa as mulheres babando, é muito paquerado, saiba você. Elas ficam loucas com o jeito refinado dele, tem um sorriso sedutor, saiba você. É inteligente, sensível, sabe a hora em que uma mulher está precisando de uma palavra de carinho, de conforto, saiba você. Além de tudo ele é lindo. Mas não precisa ficar com ciúmes. Afinal, sua mulher também é adorável — e espreguiçou-se entre os lençóis.

— Ok, realmente ela é. Não posso negar. Ninguém pode. Cativa todo mundo com sua meiguice, com o sorriso encantador que Deus lhe deu. Simpática ao extremo, tem um jeito de conversar que não nos deixa desviar a atenção. Na cama é irrepreensível, delirante, eu diria. Tem um jeito de beijar que extasia, carinhos que levam à loucura. Linda, simpática, quente. Uma mulher completa, eu poderia dizer.

Ele passa a toalha pelo rosto e pelo corpo dela, enxugando o suor. Os dois se olham.

— Temos parceiros perfeitos, meu amor — ela se levanta, começa a vestir a roupa, retoca o batom, penteia o cabelo e sai do quarto.

Ele se levanta correndo e a alcança antes de fechar a porta da sala.

— Amanhã.

— Exagerado!

Seus olhos brilham e os lábios se abrem num sorriso molhado.

Noites brancas

Deslizo a mão pela toalha de renda, acompanhando o desenho geométrico, e estendo o cartão para o garçom.

— Você parece estar aborrecido.

Olho-a.

— E está com a razão, não nos esforçamos muito para agradá-lo. Aliás, fomos egoístas.

Contraio um sorriso. Ela leva o copo à boca enquanto olho para a mesa, os restos de comida, os copos com vinho, o prato intocado onde ele estivera sentado.

Volto-me para ela, parece distraída, tão distraída que não percebe que a observo. Está olhando para o rapaz da mesa ao lado, o mesmo olhar e o mesmo rapaz que fizeram com que ele nos deixasse, nervoso e agitado, sem dizer nada.

Se não o conhecesse eu talvez ficasse preocupado, mas não era o caso. Eram restos de um ato de indignar-se, já vazio e patético. Em breve se extinguiria, e aí ele voltaria a ser feliz.

Às vezes era-me difícil ouvi-lo falar disso. Cheguei a acreditar, via-o agitado, ativo, sorridente, mas com um pouco de atenção percebi que o sentimento que o impulsionava era muito mais a angústia, o medo. De quê? Só fui perceber quando a conheci. Levou-me à sua casa e deparei-me com uma mulher sem encantos, vestida com negligência, e enquanto conversávamos observei-a melhor e pude sentir todo o medo e angústia que certamente o assolava. Naqueles olhos sem brilho, nos lábios descorados, por todo aquele corpo sem vida, sentia as ondas de desejo, não as ondas gigantescas que se quebram, mas as ondas das águas profundas, escuras, lentas, em constante movimento, avassaladoras.

Quando saímos, já altas horas, ele queria ver em mim a confirmação da sua felicidade, mas a única confirmação que eu poderia lhe dar era a que ele não queria. Afundei-me no banco do carro e fingi dormir.

Nas vezes em que o vi depois ele não me dizia nada, mas nos seus olhos se percebia o seu medo, a sua angústia, que se avolumavam, cresciam nos seus olhos aterrorizados, indefesos, perdidos.

Então ele me convidou para jantar com

eles. No caminho falou-me dela, e ela nos esperava com elegância e sobriedade; ele foi ao seu encontro, beijou-a e voltou-se sorrindo para mim. E aí me espantei. Seus olhos estavam límpidos, tranquilos, dando ao seu rosto um ar ungido. *Talvez eu, cético, não estivesse capacitado a experimentar os bons sentimentos, os momentos de felicidade*, pensei.

Fomos para o restaurante. Aos poucos, enquanto éramos servidos, vi, senti a onda escura e lenta se aproximando, inevitável. Os olhos dela se perdiam pelo salão, aflitos, até se cravarem nos olhos escuros do rapaz na mesa ao lado. Então se tornaram cada vez mais afoitos, devoradores. Ele fingia não perceber, mas vi que tremia, até que se levantou, sem dizer nada, e se foi.

O garçom trouxe o cartão de volta, despejei o resto de vinho no copo.

— Espero que nos desculpe. Talvez possamos ter uma noite mais agradável em outra oportunidade — enquanto ela falava me estendia a mão, que apertei sem me preocupar em sorrir.

Ela saiu. Olhei para a mesa ao lado e o rapaz saiu também.

Fiquei tomando o vinho. Mentiria, se dissesse que estava triste por ele. As coisas acontecem, e algumas são previsíveis. Meros acontecimentos.

Saí. Afinal, havia ficado a pé. Resolvi caminhar, era tarde, o movimento da rua reduzido, o som abafado da noite urbana se dissolvendo. Havia andado alguns quarteirões quando a vi. Estaquei, apurei os olhos e realmente a vi, encostada em um carro, a blusa aberta, aos beijos com o rapaz de olhos escuros. As ondas se movimentavam lentamente e ouvi na sua respiração o marulhar das vagas escuras.

Pensei nele. Na sua muda angústia. Pensei em fazer algo.

Fiquei parado, me lembrando de seus olhos tranquilos, límpidos, antes do jantar. Naquela hora julguei-o feliz, e quando a vejo ali, realmente acredito que durante aqueles minutos, presos num tempo indefinível, ele foi feliz. Durante aqueles fugazes minutos. Por breves minutos. Quantos minutos assim haveriam numa vida inteira?

Volto a caminhar e vou pensando, tentando me convencer de que, como dizia o velho mestre, um minuto inteiro de felicidade é suficiente para encher a vida de um homem.

OS ESTALOS DO VENTO

Estavam todos no bar, bebendo.

Sentado, as mãos trêmulas pousadas no tampo da mesa, observo o vaivém dos jogadores em volta da mesa de sinuca, os copos balançando na borda. As tacadas saem sem vontade, indolentes.

Muriçocas nos sobrevoam. Meus olhos se fixam na escuridão além da porta, esperam. Não há nenhum relógio, não sei há quanto tempo já estou aqui, nem quanto ainda terei de ficar.

Para um carro e entra um casal; ele a segura pelo braço, praticamente a empurrando, a faz sentar-se numa mesa ao meu lado, diz-lhe alguma coisa, ela se encolhe na cadeira. Ele vai até os jogadores de sinuca, cumprimentam-se alegremente, pede uma bebida e faz algumas jogadas a esmo. É magro, fala alto e tem uma pistola na cintura. A menina ainda está na mesma posição, os olhos assustados, cabelos longos, parece bem cuidada, e está, sim, assustada. Ele de vez em quando a olha, sorri, os outros riem também.

Não tenho nenhuma bebida na minha mesa, mas ninguém se importa. Não tenho o hábito da bebida, não estou com sede e todos sabem por que estou aqui.

A menina parece murmurar algo. Ainda é jovem, os seios apontam sob a camiseta fina que os cobre, veste uma calça jeans, roupas de primeira linha. Os homens continuam brincando, eu esperando, nenhuma brisa entra pela escuridão lá de fora e ela está a me olhar, os olhos esbugalhados para mim. *O que posso fazer por olhos esbugalhados*, penso, ela sussurra algo, ainda encolhida, não entendo, ela repete, insiste várias vezes, mas eu não entendo.

Desvio meus olhos, ele está lá com uma arma na cintura e eu esperando, apenas esperando, era para ser uma coisa rápida, mas já está se prolongando demais, e ela no seu sussurro insistente me pedindo socorro, dizendo que foi sequestrada, que ele vai estuprá-la.

Não olho para ela, olho para ele. O que posso fazer? O que ela acha que posso fazer? Sair, ir até o telefone público, ligar para a polícia? Ela por acaso acha que eles entrariam ali? Por que eu? Por que pedir ajuda a mim? Acha que vou sair correndo com ela, me embrenhar nos becos escuros procurando a saída da teia? Por que olha para mim com esperança, por que acha que sou diferente dos outros?

Estudo o espaço que nos separa da porta, a posição dos homens na sinuca. Não teríamos muitas chances, seria uma corrida pela escuridão, sem conhecer os caminhos naquele labirinto, e o que tinha chegado com ela não seria o único a estar armado. Ela a me olhar, esperançosa, naqueles instantes parados no tempo.

Agora ele vem em sua direção, senta ao seu lado, lhe faz alguns carinhos, os outros jogadores param e riem, todos a par da situação, e vejo diante de mim o rapaz que nem percebi entrar, me estendendo o pacote enquanto espera as notas que tiro do bolso.

Enquanto coloco o pacote no bolso eles saem, e ela ainda me olha. Quando entro na escuridão passo por um carro estacionado e julgo perceber o estalo de um tapa.

É o vento, penso, e ignoro o ar parado que me envolve.

Butim

O quarto está na penumbra do dia que amanhece, lentamente. Deitado na cama ele arqueja de olhos abertos, as mãos esparramadas no peito, os lábios roxos e secos, rachados. Pelo chão o seu vômito, onde moscas começam a voar e as formigas passeiam. Ele está morrendo, sabe que não durará muito e anseia pela hora, os momentos de lucidez com a consciência das dores cada vez maior.

Estou cansado, estou vencido, quero render-me. Não tenho mais noção do tempo, a dor torna tudo infinito, tudo se torna denso e pegajoso, o ar se enrosca em minhas narinas e boca, faço cada vez mais esforço para respirar e o ar desce lento, escorregadio para os pulmões. Vejo moscas pousando em meu rosto e não as sinto, o que sinto é apenas a dor que já não sei de onde vem.

Tenho estado a maior parte do tempo letárgico, mas consciente, não durmo apesar do cansaço e fraqueza, movimentar-me é um desafio. Fico aqui, imobilizado. E espero.

A luz entra fluída e clareia o quarto. Deitado na cama desarrumada, magro, o suor emplastando os cabelos, ele continua arquejando, os olhos estatelados, sem piscar. Está molhado de urina e fezes que não consegue mais controlar e tudo se mistura ao cheiro rançoso do vômito, o ar fica pesado no calor da manhã que avança.

A escuridão se foi, sei que é dia, tento mover a língua pela boca, está inchada e seca. Movo a cabeça e olho para a garrafa de água no criado--mudo, não posso bebê-la, mas não me importo, eu vomitaria, e nem dobrar o corpo para fazer isso não consigo mais.

Quanto tempo faltará, quando se acabará esta resistência que ainda persiste, a dor é dilacerante e apesar disso não consigo mais gemer, o corpo concentrando todas as suas energias para si. Aniquilado nessa cama, sem controle, estou refém de uma vontade que não é minha, de um tempo que não é meu, de um corpo que não comando, passageiro preso nos porões de um navio que afunda.

As moscas aumentam com o calor do dia, zunindo. Pousam nos lençóis, passeiam pelo corpo, ajuntam-se pelo chão, incessantes, voando por todo o quarto. Uma delas pousa na sua testa e caminha vagarosamente pelo seu rosto, parando e caminhando novamente, voa e volta a pousar sobre seus lábios, voa e volta a pousar, caminha até o canto da boca e entra nela, sai alguns segundos depois, fica ali, um ponto negro nos lábios roxos. É um dia quente, o calor reverbera a luz, mas ele não sua mais, o corpo seco, a pele colada aos ossos. Está morrendo.

Dor, é a isso que me resumo, meu corpo é uma imensa dor que me rasga, me desfaz, meus órgãos se desmancham e sinto dor e sei que ela não passará, até o fim ela não passará, a dor que me massacra, só ela até o fim nessa agonia vazia.

Seu corpo se convulsiona num acesso e uma golfada de um líquido verde escapa pela boca, escorre pelo pescoço e molha o travesseiro, está vomitando, mas não tem forças para se dobrar, sente o líquido que sai pela boca, vira a cabeça e ele escorre, vários espasmos o estremecem.

Eternidade, estou vivendo na eternidade.

O quarto está na penumbra do dia que anoitece, lentamente. Deitado na cama ele arqueja de olhos abertos, as mãos esparramadas no peito, os lábios roxos e secos, rachados.

Estou lúcido até o fim, abro os olhos e procuro no escuro a presença da morte, seu vulto em algum canto, tento ver o resumo de minha vida passando à minha frente, vasculho à procura dos espíritos dos meus parentes ou dos meus inimigos me esperando, mas o quarto está vazio.

MADRUGADA DE DESEJOS DIFUSOS

quando chego são três horas da manhã. Na escuridão do prédio caminho com segurança, sem vacilo, para o meu quarto; abro a porta e ando no escuro até o canto que me serve de cozinha, coloco os pacotes que trouxe no bolso em cima da pia, apanho a garrafa e tomo mais um gole. Está quente, o quarto abafado, mas não abro as janelas e fico ali ouvindo o silêncio, até cochilar em pé. Deito-me na cama que ocupa a maior parte do quarto, mas não consigo dormir. Sons abafados chegam e se misturam, confusos, até que ouço as batidas na porta

escutei quando chegava, os passos no escuro, arrastados, bêbados. Estava sentada na cama, o copo de bebida vazio nas mãos, sem conseguir dormir com o calor, a luz do abajur iluminando o quarto arrumado. Escutei-o abrir a porta e os suspiros por detrás das paredes, no silêncio da madrugada

abro-a porta sem imaginar quem pode ser e ela está ali, com uma garrafa e copos com gelo, também no escuro, sorri e diz que não consegue dormir, sorrio e a deixo entrar e sentamos na cama, a garrafa no chão, ela pede para acender a luz, mas está queimada, você se acostuma, digo

coloco mais bebida no copo, sinto os cabelos molhados na nuca, levanto e pela janela olho a rua deserta, volto-me e olho o quarto vazio, arrumado, o que fazer em mais uma madrugada em claro, em mais um dia em claro. Esvazio o copo, coloco gelo nele e em outro, pego a garrafa e saio pelo corredor até a porta ao lado, bato de leve e ele a abre, os olhos intrigados por me ver

vejo-a na penumbra e não sei o que dizer, conheço-a apenas do cruzar nos corredores, a mulher do quarto ao lado, sempre com a luz acesa, arrumando e limpando durante toda a noite. Vejo apenas o esboço de seu rosto, cabelos longos e olhos oblíquos, a voz rouca emplastada pela semiembriaguez, me diz algo sobre o marido estar longe há muito tempo

o quarto não tem luz e eu mais sinto do que vejo, o hálito quente de bebida e cheiro de suor misturado a cigarro, sentamos na beirada da cama, coloco bebida nos copos, e sem vê-lo falo das ausências, da viagem do meu marido, ele me olha, seus olhos não dizem nada, apenas me olham e sorri, diz que temos muito em comum e fico pensando o que, além do gosto pela bebida

ela tem a conversa fácil, o que é bom, pois não preciso dizer nada e sua presença é leve e inconsequente, como essas horas da madrugada, com o álcool a me amolecer, o pensamento volátil, a vontade de não me preocupar com nada, não lembrar da manhã que virá

peço um cigarro, ele remexe nos bolsos e me passa um e ao acender o fósforo o clarão machuca meus olhos, ele tem razão, me acostumei à obscuridade, ele também pega um cigarro e o acende no meu

o suor escorre pelo meu rosto e vejo que os cabelos dela, nas têmporas e no pescoço, também estão molhados, o gelo nos copos já se desfez e percebo o silêncio quando ela para de falar, o silêncio daquela hora quente da madrugada, deixo o cigarro cair no chão e a puxo contra mim, ela vem

apago o cigarro no copo e o coloco no chão junto à garrafa vazia, a janela fechada faz com que a fumaça fique circulando pelo quarto enquanto o observo em silêncio, pensando no que estou fazendo ali, naquela madrugada, com aquele homem embriagado e quieto, num quarto sem luz em um prédio perdido naquela cidade gigantesca e quente

sinto sua boca se abrindo, sinto o cheiro de sabonete em seu pescoço, deito-a na cama desarrumada ele me puxa e me deita na cama

abraço-a sem a querer, mas estamos sozinhos na solidão das três horas da manhã

sinto seus braços me apertando, sua boca na
minha, passo a mão pelas suas costas e olho a escuridão sem desejo das três horas da madrugada

Dia feliz

Sexta-feira à tarde lembram-me do seu aniversário. A comemoração vai ser no domingo.

Sou o primeiro a chegar, estaciono o carro à sombra de uma árvore e olho para a casa de paredes brancas, manchadas pelo mofo e pelo limo, o reboco se soltando em alguns lugares, a janela de madeira apodrecida. Só quando desço do carro a vejo, miúda, encolhida a um canto, agarrada às grades do portão. Os cabelos brancos recém lavados, o vestido simples. Paro à sua frente e sorrio. Ela me olha, procurando-me em suas lembranças, e ficamos assim, no calor da tarde de domingo, nos olhando e sorrindo até que outros convidados chegam e ela exclama para a atendente que vem abrir o portão:

— É minha família.

A atendente tira o cadeado do portão e entramos. Cheiro azedo e de mofo. No pequeno quintal as outras moradoras estão sentadas nas cadeiras em círculo, esperando. No centro a mesa, com o bolo e refrigerantes.

— Ela está bem hoje — diz a responsável pela casa — está lembrando quase de tudo.

Sorrindo ainda, ela nos olha, nos procurando em sua memória, sabe que estamos lá, mas não sabe onde. Algumas janelas do passado se abrem e vem um nome, uma data, um apelido, ela os repete emocionada.

— É meu aniversário.

Esforçamo-nos para continuar conversando, mas o silêncio se infiltra, nos constrange. Jogamos as palavras um para o outro e quem as recebe tem obrigação de continuar, às vezes é ela que nos salva com alguma frase engraçada, alguma confusão.

— Do que vocês estão rindo?

Damos-lhe alguns presentes que ela abre emocionada e corre a mostrar às outras, sentadas ainda em volta da mesa, o refrigerante esquentando ao sol, as moscas passeando nas flores estampadas da toalha, o salgadinho murchando ao vento. Algumas olham indiferentes, outras soltam um comentário vazio. Olhos de tristeza, e inveja, e desconsolo.

— Vou guardar no meu quarto, vocês querem ver?

Seguimos seus passos miúdos pelo assoalho sem brilho, entramos e vemos sua cama encostada na parede manchada, elogiamos sua arrumação, seus lençóis limpos, ela reclama da companheira de quarto.

— A Maria é porca, cospe no chão.

Colocamos as velas no bolo e ela olha para os números, intrigada. Cantamos os parabéns enquanto as outras se admiram com as faíscas que saem delas. Cortamos o bolo e o distribuímos junto com o refrigerante, ela se emociona e começa a chorar.

— É tudo tão bonito.

Mais um pouco e começamos a nos despedir. As outras voltam para seus quartos e ela nos acompanha. A abraçamos, a beijamos, fazemos alguns carinhos e saímos, e a atendente coloca o cadeado no portão.

Ela fica ali, olhando a nossa partida, encolhida a um canto agarrada às grades, e chora, mas enquanto as lágrimas caem já não se lembra mais por quê.

FELIZ NATAL

A missa

O cheiro dos perfumes se mistura ao cheiro das velas espalhadas pela igreja na noite quente e abafada. Os ventiladores espalham o murmurinho das conversas que se cruzam; nem uma brisa entra pelas portas abertas e as pessoas se abanam com os folhetos da missa. Em alguns rostos escorre o suor, as camisas e alguns vestidos se grudam ao corpo.

Há uma excitação no ar. O homem sentado ao meu lado já olhou várias vezes para o relógio e faz comentários para a mulher em voz baixa e impaciente. Crianças com roupas novas correm pelos corredores entre os bancos, esbarrando nas pessoas que procuram um lugar para se sentar.

As palavras das conversas passam por mim e todas falam de festa, comida, bebida, ceia à meia-noite, encontros e convites de última hora. A maioria sorri e fico vendo com que desenvoltura o fazem, os lábios se entreabrindo com naturalidade, como se fossem feitos para isso. Presto atenção ao grupo que está no banco em frente a mim, tento seguir a conversa, o assunto e principalmente percebo como tudo flui, como as pessoas encaixam um comentário seguido ao outro e como tudo parece ter sentido, mesmo as palavras mais fúteis, e como parece tudo fácil.

Um silêncio carregado de ruídos se forma com a entrada do padre. Abro o folheto que tenho em mãos e tento seguir seus gestos e atos, todas as outras pessoas na igreja estão perfeitamente sintonizadas com ele, meus olhos passam pelas palavras e as formas como elas se encadeiam me fascina, o sentido que conseguem dar a uma frase é um mistério para mim.

O ar continua abafado e eu ali, ouvindo hinos que não entendo e não sei cantar, ali, em meio àquela multidão; o homem ao meu lado eleva a voz, com confiança, tão íntimo da música, solta as palavras convicto de já estar fazendo o que prega e eu ali, no meio de tudo, suando, os olhos perdidos nas imagens dos santos, nos rostos das pessoas, no padre, nas pessoas, sem achar sentido nem convicção.

A fila se forma no corredor para a comunhão, uma algazarra de pés se arrastando, pedidos de desculpas, por favor, não é nada, os rostos compungidos e concentrados, mais um mistério, concentrados em algo que não vejo, que passa fugaz, eu ali sentado, vendo as pessoas caminhando para uma experiência que não alcanço. O senhor ao meu lado se volta, se esgueira por mim e se ajoelha. Fico o observando, ele fecha os olhos, no que será que pensa, o que será que sente? Faz o sinal da cruz e se senta, olha para mim e sorri. Parece a mesma pessoa, volta a olhar para o relógio e seus olhos procuram pela mulher que ainda não voltou. Quando ela chega a olha de um modo que pede pressa, e ela entende, ajoelha-se rápido e já se levanta, se benzendo.

A ordem só volta quando o padre começa a falar, tentando continuar com seu roteiro, o livreto nas mãos, aos poucos a calma volta, as pessoas à minha frente se calam e também abrem seus livretos, respondem em uníssono às perguntas sacramentais.

Quando tudo acaba, ainda fico sentado vendo as pessoas saírem apressadas, saltos batendo no chão. Levanto-me quando a igreja já está vazia. Lá fora, no calor intenso da noite, ainda há grupos acertando os últimos detalhes dos encontros, das festas. Todos correm contra o relógio, contra a meia-noite, há muitas coisas a fazer antes da meia-noite.

Caminho pelas ruas, as casas estão iluminadas. Conforme passo vou ouvindo os ecos das festas, o céu está limpo e é noite de lua, sua claridade deixa espaços de sombra por onde prossigo com as mãos suando nos bolsos. É meia-noite, a infalível meia-noite, e pela rua vazia o eco se repete: Feliz Natal.

O presente

Antes mesmo de abrir os olhos sinto a claridade no quarto, o ar fresco de uma manhã que será quente, o corpo formigando na cama, a vontade louca de me levantar quando, mente já desperta, fico senhor de mim e me lembro do que me faz sentir assim tão eufórico.

Quando abro os olhos vejo-me andando pela casa, descalço, sem camisa, correndo no silêncio daquela manhã de feriado, com todos ainda na cama. Entro na garagem e ali a vejo. Aproximo-me, passo a mão nela e certifico-me de que nada lhe aconteceu nas horas que nos separaram. Sinto na mão o contato frio de seus canos, a pintura lisa, brilhante, a cor que salta aos olhos, o brilho de suas peças niqueladas; mexo no pedal e ouço o deslizar suave das correntes nas catracas. Minha bicicleta, minha super bicicleta de 25 marchas, câmbio automático, pneus antiderrapantes, a fera das bicicletas.

Escuto o barulho de outros garotos na rua, não resisto, subo nela e saio pelo portão como uma flecha, descalço, sem camisa, despenteado, o gosto da noite ainda na minha boca de dentes não escovados.

A rua ainda desperta, apenas alguns meninos saem das casas com seus brinquedos, orgulhosos, mostrando-os uns aos outros, mas quando passo, voando na minha super bicicleta, todos param, olhos arregalados, boquiabertos, não acreditando naquela maravilha que me leva, naquele complexo de engrenagens, parafusos, porcas, correntes, transmissões, brilhando, brilhando.

Paro perto deles, logo me vejo rodeado. Os outros brinquedos ficam esquecidos, perdem a importância, ficam chinfrins, chinfrins, perto das transmissões automáticas de marcha, do breque instantâneo, dos amortecedores tubulares de minha bicicleta. Perguntam como funciona, como consigo assumir o comando daquela máquina e principalmente como consegui convencer meu pai a comprá-la.

Respondo a todos com seriedade, para não lhes dar a chance de uma intimidade com ela. Explico o funcionamento dos comandos, pedalo, breco, volto, subo calçadas, troco marchas. Alguns se encostam aos muros, o brinquedo a seus pés, olhos compridos.

Orgulhoso, ando pela rua, dando voltas no quarteirão, sentindo o sol quente em meu corpo, o vento, o suor escorrendo dos cabelos, eu voando naquela bicicleta por espaços inexplorados, o Senhor dos Anéis, senhor da rua e dos seus habitantes.

Quando volto, vejo-os aglomerados novamente, em círculo. Aproximo-me, e, estranho, ninguém se volta. De pé na bicicleta, quase caio, arregalando os olhos e esforçando-me para compreender, para ter certeza de que me engano. Chego mais perto e percebo que é verdade. Ali, no asfalto, parado diante dos nossos olhos incrédulos, está um BXMTW, o carro de controle remoto sem fio com 63 comandos, sirenes, alarmes, luzes automáticas, pneus infláveis, armas a laser e duplo comando *auto-reverse*.

Corro os olhos pelo círculo para ver quem tem nas mãos o ultrassensível controle do BXMTW. Vejo-o sendo assediado por alguns mais afoitos, perguntas de todos e ele, orgulhoso, acionando os comandos, o carro fantástico fazendo proezas inimagináveis no asfalto.

Afasto-me e me sento na calçada, na esquina da rua. Minha super bicicleta de 25 marchas, câmbio automático, transmissões independentes, correntes em aço especial, breques e pneus antiderrapantes, fica ali, encostada no muro, esquecida, chinfrim, chinfrim. É quando vejo o vizinho tirando o carro da garagem. Como faz todo dia ele descerá a rua, passará pela esquina onde, estrategicamente, posso observar os garotos e o carro, sendo que nenhum pode ver o outro. Calculo a distância entre os dois. Tudo em segundos.

— Duvido que esse carro consiga chegar até a esquina. Duvido que o controle remoto alcance tão longe. Duvido que possa manobrar desta distância. Duvido que faça tudo o que você falou. Duvido. Duvido. Duvido.

Todos me olham. O garoto me olha. Olho o garoto. Estamos em duelo. O sol brilhando, nós frente a frente, olhos nos olhos. Fico torcendo para ele se decidir rápido, com o canto dos olhos vejo o carro do vizinho se aproximando, fico

percorrendo a distância até a esquina mental-
mente e exulto quando vejo o BXMTW se mo-
vimentando no asfalto, comendo o espaço que
o separa da esquina, e vejo o carro do vizinho
também se aproximando, os dois, o destino sendo selado, eu, Senhor dos Anéis, orquestrando a
distância, o tempo, o destino, os dois se encon-
tram, o BXMTW passa, vai escapando quando
a roda traseira do carro do vizinho o atinge, um
barulho estilhaçando a rua, o BXMTW se esfa-
celando no asfalto, engrenagens, circuitos, chips,
luzes se espalhando, destruído.

O garoto fica paralisado, controle na mão,
fica sem movimento, apenas as lágrimas se agitando, engrossando em seus olhos, desfazendo
seu rosto numa careta.

Subo na bicicleta, coloco os pés no seu pedal de fibra de carbono, giro as correntes de aço
especial, movimento os aros com raios de alumí-
nio, os pneus antiderrapantes fazem um barulho
macio, afasto-me, subo na calçada, eu, o Senhor
dos Anéis e da rua, passo correndo e assusto a
vizinha velha que sai de casa, ela me olha irritada e eu grito, com minha voz de Senhor dos
Anéis, reboando pela rua como um trovão:

— Feliz Natal!

A ceia

A campainha toca, vou abrir, é minha irmã
que chega, sorrindo, carregada de presentes,

caminha agitada, nervosa, arrumando a roupa nova que não lhe cai bem, os passos inseguros em saltos a que não está acostumada, distribui mais sorrisos a outros convidados, pergunta por nossa mãe, digo que está na cozinha, ela vai para lá, agitada, nervosa, arrumando a roupa nova que não lhe cai bem, meus cunhado enfim entra, algumas garrafas de champanhe debaixo dos braços, também sorrindo, todo sorrisos, também vai para a cozinha, coloca as garrafas no freezer, fecho a porta e a campainha toca, são mais convidados que chegam, mais sorrisos, mais presentes, mais garrafas, alguém se lembra de colocar um CD, a música toca alta, deixo a porta aberta, são mais pessoas que chegam, caminho por elas, sorrindo, recebo mais sorrisos, abraços, palmadas nas costas, apertos de mãos, alguém me dá um copo de bebida, vou para o quarto, minha mulher ainda de calcinha e sutiã me pergunta quem chegou, pergunta pelas roupas, ainda não se decidiu pela sua, vasculha o armário, pergunta por minha mãe, digo que está na cozinha, passo-lhe o copo e ela toma tudo, digo para não se demorar, volto para a sala, a mãe chama, pede para ajudar a servir, abro garrafas e espalho pelas mesas, as pessoas conversam, a música alta abafa as conversas, as pessoas levantam a voz, sorriem, alguém me pergunta sobre o emprego, lembro que não estou trabalhando, ouço votos de melhor sorte no ano novo, respondo que com certeza será melhor, perguntam-me pela minha mulher, digo que já vem, perguntam se não está passando bem, digo que não é nada, minha irmã me chama na cozinha, vou até lá e encontro várias mulheres agitadas, sorrindo, mexendo nas panelas, arrumando comidas nas travessas, minha irmã pede que a ajude a tirar o peru do forno, vou lá, tiro o peru do forno, coloco na mesa, volto para a sala, minha mulher está lá, escolheu uma saia justa, suas pernas fortes à mostra, a blusa justa lhe aperta os seios, que se projetam generosamente pelo decote, coloco mais bebida no copo, tomo de um gole só, um primo me diz alguma coisa sorrindo, sorrio, digo-lhe alguma coisa espirituosa, umas palmadinhas nas costas, encho seu copo, o meu, uma tia me chama, começa uma conversa maçante sobre eu estar morando na casa de minha mãe, digo-lhe que é provisório, até arranjar um emprego, mas ela não me ouve, quer falar, minha mulher conversa com um sujeito alto, apuro os olhos e reconheço o irmão de meu cunhado, ela sorri, gargalha, os dois estão com os copos cheios, cada vez que ele diz uma frase ela ri, seus seios balançando sob a roupa justa, minha tia continua falando, ainda bem que a música está alta, mas também não consigo escutar porque ele e minha mulher riem tanto, toca uma música mais agitada, saem os dois dançando, ele encosta seu corpo no dela, ele ri, ela ri, todos em voltam incentivam os dançarinos, eles se encostam, minha irmã volta a me chamar, estão precisando de mim na cozi-

nha, vou, agora é uma leitoa que retiro do forno, volto para a sala, acabou a música, não vejo
minha mulher, olho em volta, todos conversam,
bebem, sorriem, sorrio, meus olhos vasculhan-
do a multidão que enche a sala, vou até o quarto,
está vazio, deito-me na cama, um desânimo me
amolece, sinto as pernas bambas, fecho os olhos,
fico escutando o burburinho que vem da sala,
procuro identificar a voz de minha mulher, não
consigo, levanto, volto à sala, minha mãe está me
procurando, pede para eu cortar o peru, que é
minha especialidade, entrega-me a faca afiada
especialmente para isso, começo a cortar, as fa-
tias finas se desprendem do peru, corto macio,
sem esforço, aos poucos as arrumo no prato, levanto os olhos e vejo minha mulher, está junto do
irmão do meu cunhado, mas já não riem, minha
mulher fuma, parece alheia, ele está parado ao
lado, passa a mão pelo cabelo, bebe alguma coisa, sorri para o convidado que o cumprimenta,
a faca passa macia pelas carnes brancas, alguém
diz que falta pouco para a meia-noite, de repente
vejo-me invadido por uma raiva, incomum, vio-
lenta, vontade de fazer loucuras, olho para eles,
a raiva aumentando, sinto a espuma saindo pela
boca, alguém diz que já é meia-noite, os cumpri-
mentos começam, palmadas nas costas, apertos
de mãos, sorrisos, brindes, olho para eles, aper-
tam as mãos, trocam um sorriso, beijos no rosto,
a faca na minha mão, e vejo ele vindo até mim,
vem para me cumprimentar, penso que não pre-

ciso fazer nada mais do que segurar a faca na posição certa, ele irá me abraçar, a faca deslizará pelas carnes brancas, macia, sem esforço, ele se aproxima, abre os braços, avança, a faca em minha mão direita, uma raiva me estrangulando, cega, ele se aproxima, me abraça, abaixo os braços, impotente, envergonhado, sinto seu corpo de encontro ao meu, sua voz em meu ouvido, deseja-me um Feliz Natal, ainda com os braços abaixados, a faca inerte, respondo, com a voz arrastada, sem ânimo, impotente:

Feliz Natal.